KB075576

빈 마음 그릇 안에
어느덧, 봄이 와있다.

빈 마음 그릇 안에 어느덧, 봄이 와있다.

발 행 | 2023년 03월 24일
저 자 | 박미영
펴낸이 | 한건희
펴낸곳 | 주식회사 부크크
출판사등록 | 2014.07.15.(제2014-16호)
주 소 | 서울특별시 금천구 가산디지털1로 119 SK트윈타워 A동 305호
전 화 | 1670-8316
이메일 | info@bookk.co.kr

ISBN | 979-11-410-2146-7

www.bookk.co.kr

빈 마음 그릇 안에 어느덧, 봄이 와 있다.

박미영 지음

목차

글을 쓰면서

글쓴이 _사이다
작가의 말

글을 쓰면서...

아픔을 겪으며 치유하는 과정에서
나는 <시>를 만났다.
내게 생각을 하게 해주고
또, 생각을 비우게 도와주는
그런 시 한잔 선물하련다.

머리말

제1화 아픔을 직면했을 때

아픔을 직면했을 때 사이다 같은 치료는
그 분노, 불안에게 진심으로 "무섭다"고
표현하는 것이다.

그 무서운 분노, 불안에게
"무서우니 잠시 비켜주면 좋겠다."고
솔직히 말해보자.
내게 상처를 준 무언가에게 일침을 가하자.

아픔을 직면했을 때 내가 치유할 수 있었던
방법이다.

<이별은 힘든 것이다.>

작은 송곳이 스치기만 한 줄 알고
내버려 두었더니
피가 흐르고 곪았다.
그 고통은 늘 늦게
깨달았다.
이별은 힘든 것이다.

<귓속말>

난 많이 아팠다.
너로 인해 그 아픔을 다시 대면하는 순간
나는 또 무너질까 두려웠다.
아무렇지 않게
내 아픔을 꺼낸 니가
원망스럽다.

<그 무거움>

아팠다.

그와 이별 후,

나는 내게 너무도 무심했으며

그 아픔은 나 혼자 견뎌내기엔

너무 무거웠다.

무너질 듯한 그 무거움에

나는 지쳐버렸다.

<눈빛>

그날의 악몽이 다시 수면위로 떠올랐다.

그 악몽을 마주하고 이야기 나누니

그날의 악몽은 아무것도 아니었다.

시간이 지나...

난 많이 자랐고

눈빛은 타올랐다.

빈 마음 그릇 안에 어느덧, 봄이 와있다.

<이별 후엔...>

아팠다.
떠나간 그대 때문에?
아니,
그대 원망도 못 하는
바보 같은 나 때문에.

<내가...>

내가 잘 지냈으면 했어.

행여 우리 인연의 끈이 다할지라도

내가 너무 힘들지 않길

간절하게...

<일기예보>

비가 올걸 미리 알았음에도

우산이 있었음에도

내리는 비를 맞는 기분이란...

아픔은 그렇게 미리 알고 있었지만

그럼에도 불구하고

다시는 그 아픔을 맞지 않으리,

적어도 이별예보를 들은 후엔

제2화 치유하는 과정에서

불안, 분노 그것들을 털어내고 나면
빈 마음 그릇 안에 어느덧, 봄이 와있다.

어찌 삶에 아픔만 있겠는가?
그 분노와 불안
그것들을 털어내고 나면
그대 마음 안에
어느덧,
봄님이 찾아올 것이다.
그 봄님 손을 꼬옥 잡아보자.

<그댄 나의...>
너와 걷는 한걸음, 한걸음은 빛이 난다.
늘 상 걷던 집 앞 해안가에도
늘 상 걷던 집 앞 화단도
유난히도 빛이 나는
그래서 너는 내게 빛이다.

빈 마음 그릇 안에 어느덧, 봄이 와있다.

<마치>

그날 너의 웃음소리에
난 무언가 따스함을 느꼈고
우린 서로 좋다 하였다.
우린 멋스러운 밤바다에 달님 같았고
무르익은 사과처럼 달콤한 대화를 이어나갔다.

그 시간은 마치...

\<달\>

달이 환하게 보이는 날엔
니가 더 그립다.
니가 밝아 보여서 일까?
달이 밝아 보여서 일까.
문득,
궁금해지는 밤이다.

빈 마음 그릇 안에 어느덧, 봄이 와있다.

<예쁘다.>

화단에 핀 꽃이
하늘에 뜬 구름이
때로는
이슬비 내리는 출근길이
거센 바람 몰아치는 주말 오후에도
예뻐 보였다.
그댈 알고 난 후,
모든 게 예뻐 보였고
그게 내 기쁨이었다.

<시작>

먼저 사랑을 시작한다는 거에
결코
두렵거나 거만해지지 않는다는 거,
그게,
시작이었다.

빈 마음 그릇 안에 어느덧, 봄이 와있다.

<오후에 시한잔>

점심을 먹고 커피 한잔 할때
생각나는 사람이 있다.
피식 - 웃음이 나게도
후~
한숨이 나게도
오후에 커피 한잔 마실 땐
생각을 하고
또 그렇게 비운다.
마치 시 한잔 마시는 것 같은

<오후에 시한잔2>

노래 "엄마로 산다는 것."

이 노래를 들을 땐, 돌아가신 할머니 생각이 나곤 했다.

할머니도 소녀일 때가 있었을텐데...

그런생각과 할머니가 살아 계실적 자주 내가 듣던

노래가 그런지 돌아가신 후에도 가끔 즐겨 부르고 듣곤 했다.

노래를 들으면 아련해지는 그런 곡이 누구에게나

있을 것 같다.

오후에 커피 한잔 할 때는

그런 곡을 들어보자.

생각이 나고 또 생각이 비워지는...

그런 시간 가져보자.

빈 마음 그릇 안에 어느덧, 봄이 와있다.

<오늘>

빗소리가 예쁜 날엔 내 기분도 예뻐진다.
화가 나면 미워 지기도 하는 내 기분, 내 마음도
빗소리가 예쁜 날엔
함께 예뻐진다.

<그랬다.>

손을 마주 잡아도
서로 웃으며 바라보아도

나는 그땐 몰랐다.

내가 그토록 그댈 좋아하는지

왜 이제야 안 건지

너무 늦은 건 아닌지 걱정이 앞서야 알았다.
 내가 그를 마음에 두고
있다는 걸.

빈 마음 그릇 안에 어느덧, 봄이 와있다.

제 3 화 추 억 하 며   글 쓰 기

글을 쓸 때에는 옛' 추억을 떠올리곤 한다.

일기.1

시원한 가을바람 불어오는
10월의 늦은 오후 6시경.
산모 구름씨가 딸, <달>을 출산하였다.
아빠 태양씨가 눈시울을 붉히며
기뻐하였고 이를 본 갓 태어난 딸은
대신 기쁨의 눈물을 터트렸다.
달은 눈부심이 비교적 덜한 오후 6시가
마음에 든 모양이다.
금방 미소 지으며 구름씨와 태양씨 사이에서
따뜻한 온기에 맘껏 취했다.

일기.2

달이가 태어난 지 100일이 되던 날.

태양씨는 일하다 말고 점심시간에

장난감 가게에 들려 딸, 달에게 줄 선물하나를

사 들고 부랴부랴 집으로 향했다.

태양씨가 집에 도착하자마자 먼저 놀란 건

부인 구름씨였다.

구름씨가 태양씨에게 손에 든 것이 무엇이냐

물었다.

태양씨가 말하길 , " 우리 달이 선물이지. "

 " 오뚜기야! 우리 달이 앞으로 기쁜 일이 더

많겠지만은 행여 힘든 일이 있으면

오뚜기처럼 잘 일어나라고. 허허~"

구름씨와 태양씨는 서로 마주 보며 따뜻한 밥을

먹었다. 달이는 오뚜기장난감을 만져보며 신이

난듯 평소보다 더 크게 소리 내어 웃곤 하였다.

일기.3

잔치상 앞에서 친척들과 가족들 모두 한자리에 모여 조금은 시끌벅쩍 했던 식사자리.

어디선가 "뿌우우웅" 방귀 소리가 났다.

태양씨가 말했다. "허허 ~ 우리 달이 방귀소리도 우렁차네." 달이와 옆에 있던 식구들 모두 즐겁게 웃었다.

유독 엄마 , 구름씨가 크게 웃었다.

달이는 엄마를 보며 생글생글 미소 지었다.

일기.4

　달이가 다섯 살이 되었다.
　그 사이에 두 살 밑에 별이도 생겼다.
　별이는 곧 잘 웃으며 실은 누나 달이 보다 영리하
여 달이에게 장난도 잘 쳤다. 하루는 달이가 엄마에
게 받은 과자를 동생 별이에게 안주니, 별이가 달이
손에 들고 있던 과자를 툭 치고 쏟아진 바닥에 과자
들을 우걱우걱 집어 먹었다. 달이는 동생 별이 빠르
게 먹어대자, 눈물을 글썽이기도 하였다.

일기.5

　그러던 어느 날,

　세발 자전거에 동생 별이를 태우고 달이와 별이는 자전거 여행을 떠났다. 골목길을 누비다 비가 한방울씩 내리고 그제야, 길을 잃은 걸 눈치 챈 달이...

　옆에 빨간 공중전화박스가 있었다. 다급하게 별이에게 혹시 돈있어? 라고 묻자, 별이가 주머니에 있던 동전을 꺼내주었다.

　'다행이다. 얼른 집에 전화해야지.'

　달이는 집 전화번호를 누르고 두근대는 심장소리가 점점 커질 때쯤 아빠 태양씨가 전화를 받았다.

　"아빠 나 달이야. 근데 여기 행복슈퍼 옆이구 별이랑 길을 모르겠다. 어떡하지 해서 전화했어."

　태양씨는 가만히 있으라며 꼭 거기 있으라며 말하고는 냉큼 행복슈퍼로 달려갔다. 몇분 뒤 도착한 태양씨. 비에 쫄딱 젖은 달이와 별이는 아빠를 보고 웃으며 반겼다.

　　빈 마음 그릇 안에 어느덧, 봄이 와있다.

<우정적금>

우정은 동네 놀이터에서 만나
짭쪼름한 과자를 나눠 먹으며
차곡차곡 쌓던 미소들.
그게 나와 나의 우정 , 추억
적금 같은 거.

<긍정한숨>

떠올리면
피식 웃음도 나고
깊은 한숨도 나는
그 시절을 떠올리면
만감이 교차한다.

그래도 지금은 괜찮게 사네.
하고
긍정한숨을 쉬는 것.
마음의 쉼, 그런 거.

<할머니>

어릴 적 까까 하나 사 먹으려면 백원이 필요했다.
바깥채에 사시던 우리 할머니는
나의 백원만 주세요~ 라는 부탁에
늘 백원을 어김없이 내어 주며 미소도 함께 주셨
다.
지금은 돌아가신
그렇게 할머니를 떠올리면
눈시울이 붉어지기도 바보같이 웃음이 나기도 했
다.
오늘은 그런 추억 한 모금이 생각이 난다.

<희망>

저녁에 동네 산책 겸,
운동 하려고 운동화, 운동복으로 갈아입고
동네 학교 운동장으로 느리지 않은 걸음으로 향해
보았다.

운동을 신나게 하고 나서 밤하늘을 바라 보는데
갑자기 내리는 소나기처럼
아픈 기억이 머리부터 발끝까지
적셨다...
나는 잊어보려 아무 노력도 못했고
온전히 아픈 소나기를 맞았다.
아픔이 그친 후,
내 눈빛은 더 단단해졌다.
아픔을 잊어버릴 수 없다면, 마주하고
부딪쳐야 한다는 걸, 나는 비소로 알게 되었음을

빈 마음 그릇 안에 어느덧, 봄이 와있다.

<고백.1>

널 처음 봤을 땐
너랑 처음 둘이 만났을 땐
몰랐지.
그 후,
너랑 처음 손이 잡고 싶어졌을 때
그때 느꼈어.
강한 두근거림.

니가 남자로 보인 순간, 그때였어.
널 만날 때나 생각만 할 때에도
두근대는 간지러움
지금 이 순간도 보고 싶은.
너라는 사람, 늘 그리워.

<고백.2>

실은
손을 잡고 싶어.

뽀뽀도 좋고,
포옹도 좋은데

손부터

꼬옥 잡고 싶었어.

<고백.3>

기다리는 거 첨이다.
니가
처음이자, 마지막이었으면
얼마나 좋을까.

<친하다>

나는 사실 친하다는 표현을 아주 아꼈다.
친하다는 표현보단,
최근이 알고 지내는 사이, 요즘 자주 보는 지인
이렇게 칭하기도 하였다.

어느 날, 1년도 채 되지 않은 친구에게
내 속마음을 아무렇지 않게 털어놓은 순간.

아 ~ 난 이 친구에게 친근함을 느끼고 있구나~!
생각이 들었다.

그 이후 나는 조금 친함의 경계를 느슨하게
열어보고 싶어졌다.

<아름다운 밤>

밖은 선선함이 감돌기 시작하고
집안에서 멘도롱한 기온이 나를 감쌀 때
조용히 밤이 되길 기다리며
나는 책 한 권을 펴낸다.

고요함 속에 내가 책장을 넘기는
그 소리마저
밤의 한음을 만들어 내는 것 같은
그저
아름다운 밤이다.

<기쁜 하루>

하루는 마음이 맞는 친구와 숲길을 걸었다.

신이 가서 손을 잡고 뛰어 보기도 하였다.
그날을 떠올리면 오늘,
지금 이순간도
기쁜 하루!

<하루는>

오랜만에 친구들 만날 생각에 들떠
화장도 열심히 하고 친구들을 만나
긴 수다를 이어가고 있었다.

어제도 봤던 네게 연락이 오자,
밖으로 나가 니 전화를 받고
그 어느 때 보다 기쁜 표정으로
너와 난 대화를 이어나갔다.
왠지 모르겠지만,
너도 나를 좋아하고 있는 게 아닌가 하는
생각이 문득 들었고
친구들과 헤어진 후,

나는 다시 네게 전화를 했고 내 전화를 받은 넌
먼저 나를 좋다 했고 나도 좋다 아니,
내가 더 좋다 하였다. 그때 난 용기가 있었다.
영화 속 여전사 같은... 그때 나는 멋이 있었다.

글쓴이_ 사이다

　빈 마음 그릇 안에 어느덧, 봄이 와있다.

있지, 이거 말해도 될까?
...널 위해서 하는 말인데...
이러쿵 저러쿵

<니가 싫어진 이유 중에 이게 제일이야-_->

어쩌다 나는 너를
어쩌다 너는 나를

<속고 속이는 마피아 게임 중...>

빈 마음 그릇 안에 어느덧, 봄이 와있다.

내 말이 맞지!
아니, 내 말이 맞지?
여야 했다...

적어도 내게는 말이다.

<니 말이 맞았다는게 화가 나는 나의 시점에서..>

니가 간 후 핑크빛이었다.

니가 있던 시간이 아닌
지금 말이다.

<헤어지면 다 이렇게 당당해>

빈 마음 그릇 안에 어느덧, 봄이 와있다.

니가 나빴잖아.

근데 왜 내가

슬퍼야 되?

<흔한 호구의 연애란...>

얘는 되고

나는 안되는 이유가 뭐야?

도대체 알 수가 없다.

<다이어트 자극 사진 보면서 드는 생각중에서...>

빈 마음 그릇 안에 어느덧, 봄이 와있다.

글을 쓰면서 나는 치유했고

너는 화가 났고.

<내가 속 시원한 하루 중에서...^^*>

기억해 내다보면

좋았던 일이 많아.

힘든 세상도 꿋꿋하게 이겨 낸 게 아닐까?

좋은 기억, 추억 속에 가보자. :)

<가족>

엄마, 아빠.

이름만 들어도 뭉클해지기도
생각만 해도 미소 지어지기도

가족은 걱정과 사랑이 적절한 비율로
섞일 때 그 아름다움이 빛을 발한다.

<맛있는 점심>

그대와 주말 점심을 함께 하고 싶어요.

평일엔 바쁠테니

저녁엔 피곤할 수 있을테니

그대와는 주말 점심을 함께 하고 싶어요.

그 시간은 아마도
맛있겠지요.

중간에 <글쓴이_사이다>

라는 조금 다른 느낌의

글을 적어보았습니다.

평범 속에 약간의 화를 표출하여 힐링을 시도하는
그저 평범한 짧을 글의 내용입니다.

지금 까지 잘 읽어 주셔서 감사의 마음을 표합니
다.

사람은 누구나 약간의 불안을 가지고 삽니다.

행복하면 이 행복이 끝나려나...

불행하면 언제 이 불행이 끝나려나...

지금 이순간을 즐기기 힘들다면, 글로써

조금 풀어보는 건 어떨까요?

독자 여러분의 고민도 적어보면 어떨까요?

오늘도 행복 합시다.

:)